十年の回想

望郷・ふる里福島

田島真知
Machi Tajima

文芸社

はじめに

あの日（二〇一一年三月十一日）から十年の歳月が流れます。
突然に消えてしまった私のふる里。
未《いま》だに受け入れられないでいるのです。
もう一度、あの何でもない我が家の庭に立って大きく深呼吸をしてみたいのです。
母が生まれ育ったところにもう一度行ってみたい。
綺麗な湧き水が豊かに流れていた。
未だに受け入れられないでいる自分を情けないと思いながら、
ふる里を想う気持ちは変わらないのです。

大切な人が眠るふる里を忘れないように、
世界の人々に原発事故を伝えていきたいのです。

目次

あれから十年。
事故から十年という月日が流れて
原発事故は風化させてはならない、
私のふる里を忘れてはならない、
忘れようとしても忘れることのできない心のふる里。
大切な人がねむっているふる里。
母は事故から五年後、避難先で亡くなりました。
あの日まで一度も、ふる里を離れたことのなかった人でした。
事故は本当にショックだったでしょう。
忘れないように、風化させないように——
世界の人々に伝えていきたい。

十年の回想

望郷・ふる里福島

ロウバイの花に誘われて

真冬に咲くロウバイが見ごろとなり、可憐な黄色い花が甘く上品な香りを漂わせている。

私は最近までこのロウバイという花を知らなかった。「ロウバイ」この四文字を言葉だけで聞いた時、なんのことかわからなかった。ロウバイとは何か年老いたような響きがする。かってなイメージを抱いていた。見たこともないので仕方ないだろう。

教えてくれたのは友人である。

「貴女《あなた》の近所の普通の民家の塀の中に咲いているから、行って見てきなさいよ」

「今の季節はちょうど見ごろだと思うわ。黄色でかわいくていい香りがそこいら中に広がっているからすぐわかるわよ」

そんな友人の言葉に誘われて、好奇心旺盛《おうせい》な私は早速寒い中ロウバイの花をさがしに出かけた。

こんな寒い季節に咲く花は少ないように思うけれど、どんな花だろう。一目見たさにあちこち探しまわる。まるで恋する人にでも会えるような気がして。

「あったー」

この花じゃないかしら、あらほんと。黄色で小さくてかわいい花弁が蝋細工のように光って重なりあっている。葉っぱはなく花だけが枝についている。

ロウバイは中国原産で落葉低木であることを知った。

初めて見るロウバイの花にしばらく感激して見入る。
厳寒の季節に咲くロウバイの花に誘われて……。

長崎の鐘

私は朝の連続テレビ小説（朝ドラ）、「エール」を観ています。「エール」の主人公の「古山裕一」は、作曲家の古関裕而をモデルにしています。

実はこの方のことは何も知りませんでした。

朝ドラのお蔭で知ることができて、嬉しく思います。

この方の創った曲は全部好きです。特に青春時代に出会った「長崎の鐘」という歌は、私にとって人生の大切なお友達になったのです。涙がこぼれそうになっている時も、そうでない時も、この歌を聴いていると、自然に心が励まされるからです。

こよなく晴れた　青空を
悲しと思う　せつなさよ

と始まる曲は何度聴いてもステキです。

看護学生時代の修学旅行先でバスガイドさんが歌ってくれました。とても綺麗な声で歌ってくれたので、今も忘れません。私の心の奥深くに染み入りました。

忘れ得ぬ、忘れられぬ、感動の歌なのです。

福島から長崎までは長い旅でしたが、忘れられない思い出となりました。

あの日から幾星霜《いくせいそう》、教務の先生と、今は亡き両親に今も感謝しています。

バスの中で聴いた「長崎の鐘」は、それ以来私の心の歌となったのです。

それにしても思うのです。ご縁とは不思議なことだと。
ふる里では知らなかったドラマの主人公に、長崎という旅先での縁……。
旅先でのご縁に感謝しています。ありがとうございます。
そして教えられたのです。
こんなにも悲しい歌を、心に深く伝える人がいるということを……。
長崎の鐘の音よ、永遠《とわ》に！

令和二年春

コロナウイルス感染症

自分を守る、家族を守る、社会を守るために
週末の外出は特に控えるようにと
まるで世界中が厳戒令の闇のようだ
コロナウイルス感染症の拡散防止のために
マスク、うがい、手洗いを励行して身を守れ
世界的に流行しているコロナウイルス感染症は
発熱や咳《せき》の症状が出るまで潜伏期間が長いので
感染の有無《うむ》がわからないのだ
いつどこで感染したのかわからないのだ

検査をしてはじめてわかる
早めに対応すれば安心でも
老若男女《ろうにゃくなんにょ》を問わず感染は止まらない様子
肺炎を起こして呼吸困難に
人工呼吸器が足りないと
治療薬がないと
マスクがないと
世界中の人々が見守る中で
死者の数は増えるばかりらしい
イタリアからアメリカへ
死者の数は増加しているらしいニュース
なぜ感染拡大は止まらないのか
他人事ではないのだ

あした自分がコロンと逝くかもしれないのだ
コロンと逝ってはたまらない
外出は控えている

令和二年四月

感染症と大八車

若い頃に福井県の東尋坊《とうじんぼう》をめぐり永平寺というお寺を訪ねた思い出があります。季節は春先だったように思います。

東尋坊の岬《みさき》から眺めた日本海、永平寺というお寺さんは古木と緑に囲まれていました。

あれから半世紀が経《た》ちました。

現在、コロナウイルスという感染症が流行しています。世界の人々の命を奪うかもしれない状況にまで広がり、心配されています。

私は感染症の歴史を読んで、笠井良作というドクターの背中を思ったのです。

疱瘡《ほうそう》が福井の町を襲い、幼い子どもたちの命を次から次へと奪ってしまう。感染して亡くなった子どもを大八車に積んでむしろをかけて運んでいく。毎日のように幼い子どもの命が亡くなっていく、悲しみが続く町の家々の戸口は閉ざされて、人影もなく静まり返っていた――。

その様子を見て、笠井良作先生は、何とかしなければならない、子どもの命を疱瘡から守らなければならないと、決心するのです。

先生は、自分の命もかえりみず、雪深い道を福井から京都まで疱瘡のかさぶたを運びました。

読んでいる人の身も細るほど、その苦労と努力が伝わってくるのです。

先日、テレビで福井医科大学のドクターの方々のことが放映されていました。

笠井良作家を継いだドクターがいたかもしれないと思ったのです。

ここでまたご縁の不思議を思いました。

福井医科大学には大学の歌があり、「われらの大学」と肩を組んで歌っている姿は、青春の最中《さなか》にいるようでした。

この曲の作曲者は、朝ドラ「エール」の主人公のモデル、古関祐而先生でした。

ドクターを励ましていたのでしょうか。

福島県と福井県のご縁を嬉しく思いました。

福井方面を旅した若かりし頃の思い出は、今とても貴重だったと振り返ります。

東尋坊という風光明媚《ふうこうめいび》な風景も昨日《きのう》のことのように浮かんできます。

コロナウイルス感染症の流行の中で笠井先生を想ったのです。

令和二年七夕《たなばた》過ぎて

歴史小説に学ぶ

歴史小説を読んでいると、多くの人々がこの国のために命をかけて戦ってきたことがわかります。

特にお医者様の苦労が伝わってきます。

国と人を守るために、大変な努力をされたことがわかります。

新型コロナウイルス感染症拡大防止のため、緊急事態宣言が発令されました。

医療の現場で働く人たちの厳しさがテレビの映像を通して伝わってきます。本当にお疲れ様です。一日も早く終息しますように祈っています。

感染症という厄介な病は、忘れた頃にやってくるようです。

祖父母の両親はコレラで亡くなったと聞きました。

幼い祖父母は他家に預けられて育ったそうです。

兄と妹は遠く離れて生きることになったそうです。

家族を亡くした兄と妹はコレラ禍《か》の中で逞《たくま》しく生き抜いたのです。

ですから私は生まれたのです。

いつでもどこでも誰かに守られて生きているように思います。

緊急事態宣言が発令されて、不要な外出は控えるように、と報じられました。

その後の都内の人影がない風景がテレビに映っていました。

その風景は江戸時代に江戸の町並みから人々の姿が消えた小説の話のような感じがしました。

最近読んだ医学歴史の中で医術の道の厳しさを知りました。

漢方医学と蘭方医学という二つの道があったことも。

殿さま係医、藩医、町医者という身分があったこと。
上下関係や幕府の勧める漢方医とそうでない蘭方医のことなど。
今私たちは容易に診てもらっていますが。
想像以上のことがあって現在に至っていることを知りました。
改めて尊敬するのみなのです。
安易な精神で医学の道を選択することはできないと思いました。
歴史の中で繰り返される感染症問題。
歴史はかわるかもしれない。

令和二年梅雨《つゆ》の頃

参考文献　『吉村昭歴史小説集成　七』岩波書店、二〇〇九年

蛍《ほたる》を追ったゆうべ

夕方近所の公園の入り口に人だまりができていた。
何かと思ったら、蛍の観賞会であった。
都合で参加できなかったけれど。
この街は思ったより、風流な街かもしれない。
風流な人がいても不思議ではない。

そういえばこの街は「俳句の街」でもあるという。
千住大橋から、その昔あの人は旅に出たという。
他でもない。松尾芭蕉という人である。

大人も子どもも楽しめる。蛍を観る会はふる里を思い起こさせた。
今頃の季節になると、どこからともなく蛍が飛んで来た。
田んぼや畑の方から飛んで来た。
順調に伸びた稲の穂が夕風にサラサラと音を立てていた。
原発事故からそろそろ十年の歳月が流れる。
還りたいけど還れない、ふる里は遠い。
帳《とばり》が下りた頃
蛍を追ったゆうべを思い出した。

ほたる飛ぶ
　親子で涼む
　　ゆうべかな

スワンに恋して

私は信じられないでいるよ
愛《いと》おしいお前が忘れられないよ
寂しい気持ちでいっぱいだよ
夢であってほしいと思う
もう一度
その美しい　凛《りん》とした姿を
スワンよ　スワン
どうして急にこの世から消えてしまったのかしら
急に居なくなるなんて悲しいよ

この人の世も何もかわらないけれど
いつかは自然に帰っていくとわかっても
いざ眼の前から消えてしまうと
寂しいね
今年は特に暑かったから
人間も苦しいと思うほど暑かったから
この頃の暑さには参りそうだよ
スワンよ　スワン
お前も苦しかったろうに
何十年もよく頑張っていたね
北国へ帰らないで頑張っていたから
少し心配はしていたけれど
毎朝お前に会うのが楽しみで

早起きして散歩に出かけて
おはようと声かけて
長い間ありがとう
お前のことが池の端に書いてあったよ
読んでみてつらかったよ
スワンよ　スワン
お前の姿は王子様のようにステキだったよ！

我が家の熱中症対策

私が中学生の頃、ある女優さんのエプロン姿に憧れました。

いつの日かわからないけれどお台所に立って、大切なヒトのためにお料理を作りたい。そんな夢を描いていました。

私は十歳の頃から家事を手伝い、家族のご飯を炊きました。何度も失敗しましたが、そのたびに母が炊き方を教えてくれました。お米のとぎ方から水加減火加減などを習いました。今のような電気炊飯器はありませんでしたから、最初から最後まで一人でできるように練習したのです。

美味《おい》しくできると父が喜んでくれました。美味しいと言っておかわりをしていました。褒《ほ》められると嬉しくて、失敗しないように一所懸命お手伝いしたのです。

だから今もお台所に立って、何かしら作るのが楽しいのです。

二十代で憧れの東京に来て、都会の生活の厳しさを知りました。上京して田舎《いなか》の生活を見直したのです。夏になると野菜の花が満開に咲いて、蝶々が飛んできました。

あれから半世紀以上過ぎて思うのは、都会の生活と田舎の生活を経験できたことが幸せだったということです。

子ども時代に田舎で過ごせたことが、一番の幸せだったように想うのです。

暑くなると、熱中症の患者さんが救急車に乗せられて病院に運ばれるニュースを耳にします。他人事ではない、何か予防策を……と思い、ぬか漬けをはじめました。

キュウリ、茄子《なす》、キャベツ、生姜《しょうが》、みょうが、何でも漬けてみれば、思ったより美味しいのです。赤や黄色のパプリカは見た目も綺麗です。

熱中症予防に一番と思うのはスイカの皮のお漬物ではないかと思っています。暑くて食欲がない、なんとなく元気が出ない時、試してみてはいかがでしょう。

いずれも美味しく元気が出るのでお勧めです。

我が家の熱中症対策はぬか漬けです。

今年も厳しい夏を元気に乗り越えたいものです。

いい加減にしたらと

あの方は問いかけているのかもしれない
あまりにも素直で真面目な人だから
心の中に溜められないで、何でも言葉に出してしまう
開けっ広げな人と想って
誠実なあの方は私を思いやり
もうそろそろいい加減にしたらと

パソコンを開いたり　閉じたり
繰り返して　すすまない

つまり原稿用紙に　伝えたい思いを
書いたり消したり　何度も繰り返して
あの方へ思いを伝えようとして
思いを表現できないで

苦しい思いを
どうすることもできないで
いつまで悩んでも
苦しい思いは癒《いや》されない
どうすることもできないのなら
何でもいいから、いい加減にしたらと

過ぎてしまえば

神様も仏様もいなくなる
神様だって仏様だって恐れて
遥か遠い空の彼方へ隠れてしまう
助けてはくれないとあきらめて
いい加減にしたらと

教えてくれた　あの方は
今どこで何をしているのかしら
もう一度会いたいねと言いたいけど
いい加減にしたらと

国父とは

国父とは誰のことかしら。

あるお婆《ばあ》ちゃんの「もったいない」という話を読んで、自分の祖母を想ったのです。

私の祖母はものを大切にする人でした。

優しい心を教えてくれた人でした。

子どもの頃の思い出に、物を捨てる時、粗末にしないように教えられたのです。

祖母はお寺さんも大切にしていたと思います。何かある時も、何もない時も、仲良くしていたようです。自分の畑で作った野菜を背負ってお寺さんへ行ったと家族から聞いていました。背負いかごは重かったかもしれません。そんなかごを背負って、まだ舗装《ほそう》されていない山道を歩いて行ったのでしょう。

山道は、その後「日本列島改造論」という当時の田中角栄総理大臣の政策によって舗装され、現在では十トントラックが走行しています。

最近まで元気だった叔父《おじ》が、体調を崩して入院しました。

誰も住む人がいなくなった叔父の家を訪ねて換気をしています。

大掃除をしていた時、大きな風呂敷《ふろしき》が出てきました。

その大きな風呂敷には「国父」と書かれてありました。誰のことかと思いました。

「国父」は父の兄さまのことです。

伯父《おじ》さんは還《かえ》ってこなかったのです。

風呂敷は伯父さんの三十三回忌の記念品と思いました。

家族は伯父さんを待っていました。待っていた人は還らなかったのです。

祖母の切ない気持ちを思いました。

野菜は仏様への供養だったのです。

私は還らなかった伯父さんのことは知らないのですが、祖母と伯父さんの在《あ》りし日を想いました。

風呂敷は洗濯して綺麗に畳《たた》んでおきました。

大掃除の疲れも忘れ、ご先祖様に感謝したのです。

「もったいない」

本当にもったいないことです。

令和二年桜の頃

埴生《はにゅう》の宿

団地の明かりに魅《み》せられて
私は行ってしまう
あの方は止めなさいと言うけれど
そんなところへ行くのは止めなさいと言うけれど
何十年も前に建てられた叔父さんの家は
雨漏りがするようになっていた
住む人がいなくなると朽ちるのが早いという
叔父さんは家族を亡くし一人で住んでいた
体調を崩して入院してしまった

住む人もいない空き家をなんとかできないのか
今の空き家をどうすればいいのか
隣近所に迷惑をかけてしまう
行政に具体的で容易な対策を進めていただきたい

埴生の宿から見える団地の灯は
星のようにきらめいて
美しく見えるから
つい私は行ってしまう
漆黒《しっこく》の闇の中に浮かぶ灯は
なぜか私の心を魅了する
魅了されるのはそこに憩《いこ》う人々がいるから
大切な家族の存在を想うから

埴生の宿から遠くの闇に浮かぶ
団地の灯は幸せの灯と想う

平成二年春

彼岸花《ひがんばな》

散歩道に彼岸花が咲いていた
その花は道の端に咲いていた
気がついて足を止めて眺めた
懐かしく思い眺めた
遠いふる里のあぜ道に咲いていた
お彼岸の頃になると
真っ赤な花が帯のように咲いていた
眺めているとふる里を思い出した
独りで居ることを忘れる

彼岸花は仏さまの花だと
母は教えてくれた
その母も
五年前に黄泉《よみ》の国へ旅立った
自然が織りなす美しい風景
美しい田園の風景の中に立って
自然っていいなあ
心の中で、そう思ってしまう
私たち家族はこの自然に
生かされているのではないか
自然こそ命なのだ
自然界の偉大さを想った
自然と共生している命

彼岸花のおくりものに
魅せられて

令和二年お彼岸の頃

ハスの花と人の世のはかなさ

未曾有《みぞう》の大震災から七年が過ぎた頃、鎌倉方面のお寺に出掛けた。
ハスの花が美しい寺と紹介されていたから。
ハスの花は朝の光の中で、花開く時「ポン」と音がするという。
静寂の中で開花する風情を……楽しみたい。
大きなお寺の階段を上り阿弥陀如来《あみだにょらい》に手を合わせて、渡り廊下を渡って池に出た。
花見台用の縁台、柱の陰に人の気配を感じたので、
「おはようございます」
と声をかけた。声を出してから、静寂を破ってしまったかもしれないと

少し気になった。

こんなに早く訪れている人がいたのだ。人影は女性だった。恋人と別れたのかもしれないと想った。

美しいハスの花が咲いている池の先には小さな建物の美しい佇《たたず》まいが凛としていた。ハスとハス池と塔のバランスがとても素敵だ。

柱の陰で音もなく佇んでジッとそのヒトは何も言わなかった。何も言わなかったけれどそれでいいのね。

この世には同じ思いの人がいるのだ、と思うととても幸せに想った。

生きるのがつらい時、この世がいやになった時、こんな風情の中に独り佇んで、過ぎ去った遠い古《いにしえ》を想えば、明日という日が輝いてくるのかもしれない。

生きる元気がどこからともなく湧いてくる。お寺さんは不思議なところだ。

ハス池の落ち着いた風情の中で、今はなき父と母の面影を追った。
鎌倉方面のお寺へ出掛けたことを思い出し、人の世のはかなさを想った。
スーパーの店頭には今年も盂蘭盆《うらぼん》の品々が並び始めた。

義理と恩の世界

日本には恩返しという大切な言葉がある。
義理はらいという言葉がある。
義理と恩の文化はわからないけれど、
大切に言い伝えられている言葉のようだ。
人は誰でも一人で生きられないから、
誰かにお世話になって生きているから、
お世話になった人へのご恩は忘れてはいけないと教えられて、
自分を産んで育ててくれた親への恩
読み書きを教えてくれた学校の先生への恩

死にそうになった時助けてくれたお医者様への恩
神様になった先祖への恩
義理と恩という日本社会の文化
たくさんの恩を抱えて、
時にはその恩を返すことに
眼には見えないものに苦痛を感じながら
それでも自分が生きていることに感謝して
自分の心と戦いながら
人の世を生きているのかもしれない
この世の義理と恩と人情は
切っても切れない世界のようだ。

令和二年四月

『百年の女』を読んで

『百年の女』（酒井順子著、中央公論新社、二〇一八年）を拝読して想います。

「女性の輝く日本」という安倍政権による政策が実現すれば、この国は大きく変わっていくように思います。

保育園が充実すれば子育てと仕事の両立が可能になると思います。いつでも預けられるという安心感は計り知れません。働く女性にとってどんなに助かることか。

まして三年間の育児休暇がとれて、再就職が確約されていれば、願ったりかなったりです。何も申し上げることはなくなるでしょう。

子どもに「早くしなさい」と煽《あお》ることもなくなり、親子関係も良くなります。男性も女性も子どももいきいきとして輝く日が来そうです。

私自身、個人的には仕事と子育ての両立が一番つらく思いました。待機児童ゼロ社会が実現すれば安心して結婚できるでしょう。子どもを産み育てる人も多くなり、国は繁栄していくように思います。

池田勇人政権の経済の高度成長以来、お金がかかる世の中に変わりました。ですから普通の人々は共稼ぎをしないと生活できない社会になったのです。

働き方を改めなければならないと思います。

例えば午前中は父親が仕事へ行き、母親が子どもの世話をする、午後は交替して母親が仕事に出掛け、父親が帰って子どもの世話をする。ヨーロッパ方面ではそうして子どもを十歳くらいまでみているそうです。ですから日本でもできると思います。

「女性の輝く日本」がなぜ進まないのでしょうか。

安倍政権がもう一歩というところまできているのにその先が進まないことは、非常に残念に思うのです。

イプセン『人形の家』のノラのような女性が解放されなければと改めて思います。

一歩進めばこの国はより豊かな国になると想像されます。

『百年の女』を読んでそう思いました。

心的外傷性ストレス障害

いじめとの遭遇は小学校低学年の頃でした。学校の帰り道で、男の子に「通せんぼ」されて泣いて帰った思い出です。今にして思えば、手をつないで一緒に帰りたかったのかもしれません。田舎の山道は草花やとんぼや蛙がいるのですから、自然にいじめはなくなりました。

大人になって驚いたのは、大人社会の深刻さでした。いじめは子ども社会の問題と思い込んでいましたから。

喧嘩《けんか》が好きな方もいるかもしれませんが、私は嫌いなタイプです。「友達とは仲良くしなさい」と親に言われて育ったせいなのか、生まれつきなのかはわかりませんが、言い返せないのです。私は育てられ方がその理由だったと思っています。

上京したら、職場にいじめがありました。そんな問題があるとは想像もしていなかったのです。

それがいじめであることも、濡《ぬ》れ衣《ぎぬ》をきせられていることも気づかず、自分が悪いとばかり思っていました。

しかしだんだんと、何かヘンな感じがしてきたのです。故意ではないか、意図的ではないだろうかと感じたのです。

非常識が常識化しているという空気が流れていたようです。真面目な人をバカにした話でした。

仕事ができる人もダメなら、できない人もダメという社会なのです。

いじめ社会とは何なのか、今もわからないのです。ですから精神的にも疲れが慢性化して、気分が晴れないこともあったのです。

当時は誰に相談して良いのかわかりませんでした。

なぜ私がいじめられる身なのかも疑問でした。

上司によるいじめの形は、無視と過重な労働、ことばの暴力と名誉棄損、人権侵害に相当する権力の乱用でもあったと、今は思えます。

嫁と姑《しゅうとめ》の問題のように、上司と部下の関係もまた難しい問題なのかもしれないとあきらめざるをえない状態でした。

このような環境ですから、休職する人、辞職する人が相次ぎ、現場は常に人手不足の状態でした。

「安心して働ける職場に」という声もありましたから、良心的で建設的な考えの人もいたのです。繰り返し働き方改革が問われていたのです。

個人的にですが、良心的で質の高い仕事ができるように努力しました。

職場での過酷なストレスは今も思い出されて苦しいのです。

もちろん忘れようと努力しています。

けれど、忘れたと思っても、ふと浮かんでくる厄介な問題なのです。

このようなことは「心的外傷性ストレス障害」あるいは「トラウマ」といわれています。

自分に負けないように生きていく他にないのです。

自分自身との戦いなのです。

ステキな映画を観て

久しぶりに映画を観に出掛けたのです。

独りで寂しいようにも思ったけれど、ステキな映画を観て明るい気持ちになったのです。

昔の恋人に会いに老人ホームを訪ねていくというストーリー。二人は何十年ぶりに再会するのです。その表情やしぐさが自然でステキでした。

彼女の頬におくれ毛が、そのおくれ毛を彼が……まるで若い恋人同士のようなしぐさなのです。彼女ははにかみ、彼は紳士的ですから、観ている人を優しく包み込んでしまうのです。

それからしばらく、芝生《しばふ》の上で別れた後の話をします。お互いに家庭を持っていたこと、まあまあ幸せと思っていたこと、子どもは自立して家を出て行ったこと、今は愛犬と暮らしていること、男性は一人老人ホームで暮らしていることなど、お互いに労《いたわ》り合うように寄り添って話しているのです。

過ぎ去った、取り戻すことのできない時間を想うように、ふと話を止めながら、あの時「あなたが好きです」と言いたかったのに言えなかったこと、長い間大切にしていた想いを告白するのです。

今ここで言わなければ、最後になるかもしれないと思ったのでしょう。

二人はいつまでも一緒にいたいと願っているかのようでした。

年を重ねるということは、自分に素直になれることかもしれないのです。

最後は男性の車椅子を押して、ホームの玄関へ行き、寄り添ってお別れするのです。

老いることはステキなことでもあるのだと思いました。

日々是好日

七夕の頃
カボチャの花が咲いた
幾つも幾つも咲いた
愛おしいほどに咲いている
路地にドクダミという白い花が
散歩みちに
ピンク色の可愛らしいねじり花
可憐な月見草
紫色のつゆ草が咲いた

いつもの散歩みち
いつもと変わらない散歩みちなのに
今朝は特別新鮮に感じて
空を見上げた
水色の美しい空だ
天上も地上も日々変わらないようで
変わっているという発見に
何かを感じて、それは
日々是好日なのかもしれない
何でもない日々に感謝

電波障害から身を守る

携帯電話の普及はめざましい
天変地異が続く世の中で
なくてはならない気もする
いつでもどこでも
家族の居場所がわかる
持っていれば便利で安心である
安心で便利な機器も
時に思いもよらないことがある
私たちの健康に及ぼす影響は

あるのかないのか
一人一台、一家に五台という時代
かなり高濃度の電磁波が
生活の中に流れ込んでいる
まるで電子レンジの中にいるみたい
電波障害から
国民の身を守る
国民の安全を思う
この国のリーダーは
安全であることを
伝えて頂きたい
放射能による
空気の汚染とともに

電磁波による
人体への影響が
気になりだした

令和二年九月

読書という荒野の中で

読書という荒野に出会って
何かが変わったように思う
人との出会い
社会との出会い
本との出会いは
偶然かもしれません、が
偶然がもたらす幸せ
何かを伝えていく幸せが
素敵だ

あなたとわたしの違いは
たとえようもなく
素敵な偶然だ
偶然は永遠
この世の全ての出会いに
感謝して
人生の荒野を生きていく
命ある限り

令和二年四月

私は死ぬまで未完成

人は死ぬまで未完成ではないだろうか
私は最近感じたのだ
人間は人間から人間に生まれて
死ぬ瞬間まで未完成ではないかと感じたのだ
未完成人間こそ人間ではないかと感じたのだ
人はいつ、どこで誰に何を教えられるかわからないのだ
反対に教えたいと、感じるのかもわからないのだ
わからないから、生きようと努力しているのかもしれない
人間は不思議な存在なのだ

誰にもわからない人生だから
懸命にもがきながら生きているのかもしれないのだ
感じながら、もがきながら生きているのだ
いつまでも感じていたい
生きていたいと
死の瞬間まで思い
感じていたいと
願っているのだ
私は最期《さいご》まで未完成でありたい
この頃感じたことである

令和元年七夕

人間らしさを取り戻す

人間に生まれて人らしく生きられる社会を思います。
今は、人らしく生きるのが困難な社会に移行して久しいのではないかと思います。
問題を感じても指摘しない社会でいいのでしょうか。
何も感じない、感じなくなった。それとも感じたくない。無視して関わりたくない。
だとしたら、私たちの未来はどこへ流れていくのでしょう。
人間らしいとは感じることではないでしょうか。
喜怒哀楽があってこそ人間らしいと思う私です。

何も感じなくなったら人間とは言えないのではないでしょうか。ただの動物です。

寝て食べて排泄《はいせつ》して、それで一度の人生に悔いは残らないのでしょうか。自分の考えを言葉に出してこそ人間ではないでしょうか。

誰もが山や川にぶつかりながら生きているのではないでしょうか。そうした時、どうしているのでしょう。自分の問題は自分で考えて、言葉や行動で解決しているのではないでしょうか。

どんな地位や名誉やお金持ちの人も最後は天国へ行きます。人は人から生まれて「人並みに育ってほしい」と家族の愛に見守られながら成長し、誰かを好きになり、結婚して家庭を築き、子どもを産み親になって、理想と現実の狭間《はざま》で社会の矛盾《むじゅん》と戦いながら生きているのではないでしょうか。

人生の長い道のり、坂道を上ったり下りたり、ある時は河に流されそうになりながら生き延びて、はじめて気づかされることではないでしょうか。

人間らしさを取り戻したいと思うこのごろです。

令和元年六月

原発事故はヒューマンエラー

令和三年三月十一日で、原発事故から十年が過ぎることになります。なぜ、事故は起きたのでしょう。

ふる里に帰れない私たちは、今もなおふる里を忘れることはできないのです。

私はメルトダウンを起こした原子炉は一号機のみと思っていました。が、三号機も爆発を起こし、爆発しなかったはずの二号機からも大量の放射能が放出していたという事実を知って、改めてショックを受けました。

都合の悪いことは報じたくないのかもしれません。

吉田所長という方が遺《のこ》した「ベントは成功したのか」は、十年経った今もわからないということです。

一号機の冷却装置の機能はなぜ機能しなかったのでしょう。消防車が送り込んだ四百トンもの水の行方《ゆくえ》がわからないといいます。この水は一体、どこへ……？

なぜ、どうして、が多すぎます。

人間のやることだから、完璧に物事をしたつもりでも、どこかに問題は生じないかと気になるものです。特に原発に関しては慎重になるのではないかと思います。

十年経っても謎に包まれた原発事故。

ふる里の人々は我が家に帰りたい。帰りたいのに帰れない。心の苦しみをひたすら隠しながら、いつの日か再び帰れることを願い、信じて生きていると思います。

先日新聞で、トマト農家の記事を拝読しました。我が家のトマトもまた風味がよく、美味しかったことを思い出しました。

また、隣町の大熊町方面で季節外れの梨を作っていた人の記事も拝読しました。今は亡き母が元気だった頃、お正月に帰省すると、甘くて柔らかい梨を買って待っていてくれました。私が高校を卒業して上京してからしばらくはそれが続いていましたが、それがこの梨だったと知りました。長い間研究を重ねていたということです。創作梨はとても美味しかったのです。創ってくださった方に、ありがとうとお伝えしたいのです。

原発事故をめぐって話し合いがあり、その話し合いの中で、非常用の冷却装置の仕組みについて、多くの幹部が知らなかったということです。配管の道に何かあったのか、管の接続は確かだったのか、途中の配管の接続部分に漏れる個所がなく、確かな道を通って、目的地に水が届いていれば、消防車の送り込んだ水は届いていたはずです。爆発は免れたかもしれません。

人間を大切に思う心がヒューマンエラーをなくすように思います。

ふる里を喪失して寂しいけれど、吉田所長の必死の姿を想えば気持ちが救われます。お疲れさま、どうぞ安らかに、おやすみ下さいませ。ご冥福をお祈り申し上げます。

合掌。

三月十一日は、原発事故でふる里を喪失した忘れがたき日です。

真田《さなだ》城

いつの頃だったのか忘れてしまったけれど、信州上田方面を訪ねました。花桃の咲く里をめぐり上田城を訪ねたのです。その日は偶然にもＮＨＫ大河ドラマで放送された「真田丸」のお祭りの日でした。

真田幸村のお父様が築いたという城跡には、門と石垣が残されていました。

資料館をめぐり櫓《やぐら》に登ってみました。格子の間から上田市街を一望に眺めることができました。

ああ、ここからこうして敵が攻めてくるのを見張っていたかもしれない、と想像したのです。

遠い賑わいの中から聞こえてきたのは、もし幸村が大坂夏の陣で家康に勝っていたら、もしかすると徳川時代はなかったかもしれないし、今という時代も違っていたかもしれないという思いです。

徳川二百六十年余りの鎖国政策もなかったかもしれない。開国のために尊い命を失った人々が偲《しの》ばれます。

緑の信濃路を歩いて、小諸駅に降り立って感じたこと。

隣の佐久という新幹線の乗り場へわざわざ乗り換えなければならないということに、不便を感じました。普通の人々の生活に不便はないのでしょうか。

ホテルの職員の方が「僕もよくわからないのです」と、「大久保様という偉い方の影響らしい」とおっしゃっていました。

明治維新という時代を想像し、当時の政治家の存在を想ったのです。

改めて日本史を見直してみるといいかもしれません。
赤い兜《かぶと》に六文銭《ろくもんせん》という真田家の家紋が印象的でした。

例えてみれば

平成という時代を例えてみれば
宗教栄えて
格差拡大
宗教に学ぶ
私の人生
ありきでした。

全てが人の世
嘘も誠も

人の世
恨みも愛も
人の世
全て人の世
全てが愛おしく思う
人の世を愛せよ
例えてみれば
さまざまなことがあった時代では
なかったかと
思うのである。

明るく元気な社会

桜の花の美しい季節が今年もめぐってきた
めぐってきたと思ったらもう葉桜の季節である
季節の移ろいは足早だ
私たちの生きる社会も移ろっていく
他者を思いやる優しい社会だ
戦争のない平和な社会
隣人をこよなく愛する社会だ
他者の悪口を言わないけれど
他者の言うことも聞かない社会だ

自分たちが一番という思いは変わらないようだ
いつまでもどこまでも
変わらない社会は
理想的な社会だろうか
理想的な社会を教えてほしい
あなたと私の未来は
青空の広がる未来だ
外に出て
大きく深呼吸しよう
明日は晴れる
明るく元気な社会に
笑顔でかえよう

令和二年四月

ふる里の偉人　野口英世

福島県の猪苗代湖畔《いなわしろこはん》に建つ野口英世記念館へ久しぶりに行ってきました。記念館は以前より大きくなり、整理されていました。

「志を得ざれば、再びこの地を踏まん」

十九歳の清作（のちの英世）がふる里を離れた時、柱に刻んだという言葉です。

世界の野口英世をめざした動機はハンディキャップでした。ハンディの中で人間は何かを成し遂げるのかもしれません。

茶碗も持てない、紐《ひも》も結ぶことができなかった清作。不自由な手が手術によって自由に使えるようになった喜び。こうして清作は医学を学び医者になるのです。臨床医から基礎医学へ変更し、世界的に有名な細菌学の研究者になったのです。

生家の庭に、

「忍耐」

「正直は最良の方法である」

「忍耐は苦しい、しかしその実は甘い」

と刻まれた碑が建っていました。

資料館には渡米して研究された資料が展示されていました。

当時、横浜港から船でアメリカまで何日かかったのでしょう。

十九歳でアメリカ・ロックフェラー研究所へ行ったのです。毒蛇コブラの首を押さえて唾液《だえき》を採り、血清の研究をしていたのです。誰もが怖がって、コブラの首を押さえる人はいなかったそうです。清作は誰もが嫌がってやらない仕事をした人なのです。

当時、南アジアやアフリカ方面では、毎年九万四千人の人が毒蛇に咬《か》まれて命を落としていたようです。一八九〇年代に北里柴三郎博士とエミール博士という二人の連名による論文が発表されたことから血清療法が始まり、世界中の人が救われるようになりました。

現在、コロナウイルス感染症が流行して問題になっていますが、一日も早く予防薬ができることを祈ります。当時も原因のわからない感染症で多くの人々が亡くなっていて、野口英世は主に細菌学の研究に携わり、多くの論文を残しています。その中には確かでないこともあったようですが、電子顕微鏡《けんびきょう》がなかったので、ウイルスの研究には限界があったのではないかと想像されます。

野口英世は黄熱病《おうねつびょう》の研究中、自ら感染して五十一年の生涯を閉じました。人のためになる仕事をしていた野口英世は、生涯に一度しかふる里には戻らなかったといいます。

細菌学者、医学博士、名誉教授、ノーベル生理学医学賞の候補に三度名前が挙がった人物です。

なぜ世界が認める人を同胞はなかなか認めなかったのでしょう。

ふる里の人の中には「縁の下の宝持ち」と言われる人がいるのです。

目立たないところで努力している人を、ふる里の人はそう言っているのです。

マムシの話

私の生まれは農家です。豊かな自然に恵まれて成長しました。四季の変化の中でのびのびと育ちました。

我が家は酪農家ではありませんでしたが、子牛を育てていたことがあります。父が早朝、草刈りに出掛けていきました。

「マムシに咬まれないでね」と心配する時代があったのです。

当時、草刈り中や農作業中にマムシに咬まれて死ぬ人も稀ではありませんでした。けっこういたようです。だから毒蛇は怖いと思っていました。

中には指を咬まれ、指先が曲がっている人もいました。「指は曲がったけれど命は助かった」と笑っていました。

現在はマムシの血清ができていますから、そんなに心配しないで済んでいます。

この頃はマムシに咬まれた話も聞こえてきません。けれど、夏休みなどキャンプに出掛けた時は気をつけたほうがいいと思います。

草深い山奥にはマムシがいるかもしれません。血清が普及して緊急ヘリコプターなどの対応が良くなっているとはいえ、やはり咬まれたら大変なのです。

血清療法の研究は北里柴三郎博士とエミール博士の共同論文から始まっているようです。その後、誰もやらなかったコブラの首を押さえて唾液を採取し、研究していたのが野口英世です。

草刈りをする人々のためになる仕事をしていたのです。

人のために働いたふる里の偉人を想います。

歎異抄《たんにしょう》の悪人正機説に学ぶ

今から七百五十年前に生きていた親鸞聖人《しんらんしょうにん》というお坊さんの遺した真実の教えに学んで感じたことがあります。

「歎異抄」とは何かを歎《なげ》いているようですが、一体何を歎いているのかしらと。

歎いているというよりも、何かを教えているようにも思ったのです。

歎きとは、私たち世間一般の人々のことかもしれないし、そうでないかもしれない。ともかく学んでみようと思ったのです。

想像していた世間話ではありませんでした。仏教界の問題でした。

歎異抄は聖人が世を去ってからしばらくして、聖人に師事していた唯円《ゆいえん》という弟子《でし》さんが口述したと伝えられています。聖人の遺した言葉に嘘があってはならない、嘘を伝えてはならない、真実を伝えなければならない、というお坊さんたちの声をまとめたのが歎異抄といわれているようです。

歎異抄を編んだ唯円というお弟子さんは、現在の茨城県の西の方面に生まれ、自分に厳しく他者に優しい人で、決して自分を正当化するようなことはなかったといいます。異議を申し立てる人を異端者と批判することもなく、聖人の教えを受けた自分が、人々に真実を伝えることができなかった責任を感じて、涙ながらに編さんしたと伝えられたのが「歎異の心」とのことです。

歎異抄の第三章に記されている「悪人正機説」は、浄土真宗の中で最も重要な教えと伝えられています。

どんな教えなのでしょう。

「善人なおもて往生《おうじょう》をとぐ、いわんや悪人をや。しかるを、世のひとつねにいわく、悪人なお往生す、いかにいわんや善人をや」

善人はもちろん救われなければならないけれども、悪人といわれる人こそ救われなければならないと言っているようです。

どうして悪い人が救われなければならないのか、何度読んでもわかりませんでした。

わからない故《ゆえ》に学ぶことをあきらめてはならないと思いました。

何か大切な教えのようで、わかるまで続けてみようと、講座を拝聴しながら本も読みました。

歎異抄は蓮如という人によって禁書になっていたそうです。明治以降になって読まれるようになったということです。見直されたのですね。良かったと思います。でなければ私はこの本の存在を知らないままだったのですから。

ステキな本との出会いに感謝しています。

私は戦後すぐに生まれて成長しました。

十五歳の頃にテレビ、洗濯機、冷蔵庫、自家用車などが普及しはじめました。お金さえあれば何でも手に入る社会になったのです。

テレビは都会の生活を「豊かで文化的な暮らし」と伝えていました。

当時は「金の卵」といわれる人たちがいて、中卒で都会の会社に就職する人と進学する人が半々くらいでした。

田舎の町の中にも「進学塾」という看板が立ち、これからの時代は大学を出ていないと生きていけないという声が聞こえはじめました。

静かで穏やかな暮らしがざわめきだしたのです。経済問題が身近になり、何となく落ち着かないような空気が流れだしていたと思います。優秀な人は特別枠で進学コースに進み、他は進学を希望しても経済という高い壁が立ちふさがりました。

そのような時代の流れの中で、マスコミは大きな事件を伝えていました。あさま山荘事件、東大安田講堂に機動隊が突入した事件、ロッキード事件、他にも選挙違反や大企業の不正問題などがありました。こうした報道に、何か先が見えない不安を感じていた人は多かったように思います。都会と田舎の距離が遠く、新聞とテレビの情報からだけでは、東大紛争という問題がどうして生じたのか、知る由《よし》もありませんでしたが。

あれから半世紀の流れを顧みれば、この国の未来を懸念しての若者たちの行動ではなかったかと思います。

私が上京し、T大学病院でナースとして働きはじめたのは、大学紛争が終息して五年前後が経っていたと思います。何事もなかったように静かな空気が流れているように感じました。

上京した目的は、看護で自立することを考えていましたから、何事にも挑戦して前進することでした。

職場は新しい器械（人工呼吸器）が導入され、使い方が難しかったことからヒューマンエラーと思われることもあったように思います。過重労働と人間関係の複雑さにエネルギーを消耗する毎日でした。職場は戦場のようでした。

そんな中、「僕は騙《だま》された。社会で生きていけなくされたのだ」「僕は本富士署に入れられたのだ」と貧乏ゆすりをしていたドクターがいました。記録をしていたのでお顔は見えませんでしたが、何かとても悲痛な叫びに聞こえたのです。他にナースもいましたから、聞こえていたと思いますが、誰も何もなかったようにその場は静まり返り、地獄にいるようでした。

今も思い出すとつらい気持ちになります。他人事ではないと思ったからです。ドクターはそう言わずにはいられなかったのではないでしょうか。彼は早くに亡くなったとお聞きしました。何年か一緒の職場で働いていたので、その悲痛な声と真面目に仕事をしていた背中を思うのです。

しばらくして、上司が「あの人たちは悪い人たちだ」と言っていたのを聞きました。患者さんを大切に仕事をしていたので、何のことかわかりませんでした。

今にして思えば、そう言っていた上司は、つまり自分たちは善人だと思っていたのではないでしょうか。

その時は何を言っているのかさっぱりわからなかったのですが、悪人正機説から思考すれば、「自分たちは善人で、他者は悪人だ」と評価していたのではないかと思うのです。

真面目な人、他者を思いやる人が社会で生きていけなくされるということは、一体どういうことになるのでしょう。

デモの最中に亡くなった女子大生の訃報《ふほう》は大きく報じられていました。他にも貨物列車に飛び込んだ女子大生もいて、「もっと勉強したかった」というあのドクターの現場での声を思い出します。この国を背負う若者は悩み苦しんでいたようです。

心の中でつらいことがあったのだから、これからはよいことがありますようにと願っていました。

当時は今のような社会になるとは想像できませんでしたから、つらいのに誰も何も言わないのが不思議でした。

上司の言う「全共闘」とはどういう人たちなのだろう、そんなに悪い人たちなのでしょうか。悪いこととはいったい何をしたのだろうと思いました。何かヘンだ、おかしいと思いました。そして、今も何だかわからないのです。

ただ生きているだけで十分ではないかという声がします。

あれからだいぶ時が過ぎていますが、未だに真実はわからないのです。親鸞聖人の歎異抄、第三章の悪人正機説を学んで、「悪人を救うというのが聖人の願いであり、悪人の自覚を持った者こそが救われるにふさわしい」とおっしゃっているようです。そのように想像してみました。

親鸞聖人とおっしゃるお方は「濡れ衣」という、無実の罪を着せられて、苦しみながら生きている人を救わなければならないと説いていたのではないでしょうか。

「悪人正機説」を学んでそう想った私です。

深く透明な心で弱い立場の人を救済しなければならないという聖人の説法は、日本人の誇りのように想います。

後にも先にもない世界最高峰に立つ素晴らしい説法のように想ったのです。

参考文献　親鸞聖人、親鸞講座『歎異抄』武田定光
『仏教講座』一楽真
中島岳志、見城徹著書等多数

歎異抄に出会って

便利で豊かな暮らしになりました。

暮らしの中で、なぜかわからないことが多い世の中に移行しているように思います。

生きているのが苦しいと思うこともあります。

四苦八苦して生きているより、むしろ死んだ方が楽ではないか、と思うこともあります。

私たち人間は……

＊何のために生まれてきたのか

＊何のために生きているのか
＊どんなに苦しくても、何ゆえに生きねばならないのか
＊何ゆえに生きているのか
と問われたら、私は何と答えていいかわからないのです。


「生まれてきたのはこのためなのだ、いつ死んでも悔いはなし」と言えることが「なぜ生きる」の答えらしいのです。

仏さまの教えとは、誰のためでもなく、生きるためだけにといっているそうなのです。

「ただ生きているだけで、それだけで充分だよ」とおっしゃっているのでしょうか。

まだわからないことばかりです。

残された人生を心豊かにしたいと、もがいているもう一人の自分がいる

のです。

親鸞聖人のお言葉は、広い荒野を彷徨《ほうこう》しているような、とてつもない教えのように思われます。

私の人生はこれからです。

歎異抄という教えに出会えて、幸せに思います。

この世の全てが愛おしい

空も海も星も月も
この世の全てが愛おしい
この世にあなたがいればこそ
私は幸せではないかと思う
どんなにつらいことがあっても
どんなに悲しいことがあっても
この世にあなたがいればこそ
生きて行く勇気が湧いてくる
他者の心に勝つより

自分の心に負けないように
私は強く生きていく

この世に生まれ
偶然にお会いして
一緒になれると想ったあなた
あなたの存在が忘れられない
心の中にあなたがいれば
心の中にあなたがいればこそ
この世の全てが
愛おしく思うのです
ただそれだけのこと
ただそれだけのことなのに

なぜ
この世の全てが愛おしいと
思うのでしょうか。

令和二年四月はじめ　桜の花が満開の頃

おわりに

あの忌《い》まわしい事故から十年の歳月が流れました。

アッという間でした。

自分は何をしていたのか思い出せないくらいに、いろいろなことがあって、時間だけが過ぎました。

原発事故は忘れてはならないのです。

風化しないように、私のふる里、福島のことを世界の人々に伝えていきたいのです。

出版にご協力くださった皆様にお礼申し上げます。
私のつたない本を読んでくださった読者の皆様に心から感謝申し上げます。

二〇二一年三月

田島　真知

著者プロフィール
田島 真知（たじま まち）
1946年、福島県生まれ
福島県立高等看護学校卒業
東京都在住
（著書）
『望郷・ふる里福島　東日本大震災と、その他つれづれ』（文芸社、2018年）

十年の回想 望郷・ふる里福島

2021年３月11日　初版第１刷発行

著　者　田島 真知
発行者　瓜谷 綱延
発行所　株式会社文芸社
〒160-0022 東京都新宿区新宿１－10－１
電話 03-5369-3060（代表）
03-5369-2299（販売）

印刷所　株式会社暁印刷

ISBN978-4-286-21983-7